中华先锋人物
故事汇

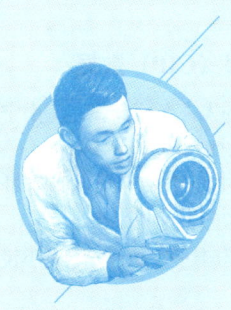

蒋筑英

追光的人

JIANG ZHUYING
ZHUIGUANG DE REN

李岫青 著

党建读物出版社　接力出版社

图书在版编目（CIP）数据

蒋筑英：追光的人/李岫青著．—南宁：接力出版社；北京：党建读物出版社，2022.3

（中华人物故事汇．中华先锋人物故事汇）

ISBN 978-7-5448-7005-4

Ⅰ．①蒋⋯　Ⅱ．①李⋯　Ⅲ．①传记小说–中国–当代　Ⅳ．①I247.5

中国版本图书馆CIP数据核字(2022)第030221号

蒋筑英——追光的人

李岫青　著

责任编辑：	李明淑　何　羽
文字编辑：	王　燕
责任校对：	王　蒙　阮　萍
装帧设计：	严　冬　许继云　　美术编辑：高春雷
出版发行：	党建读物出版社　接力出版社
地　　址：	北京市西城区西长安街80号东楼（邮编：100815）
	广西南宁市园湖南路9号（邮编：530022）
网　　址：	http://www.djcb71.com　　http://www.jielibj.com
电　　话：	010-65547970/7621
经　　销：	新华书店
印　　刷：	河北鹏润印刷有限公司

2022年3月第1版　　2022年3月第1次印刷

787毫米×1092毫米　32开本　　4印张　　60千字

印数：00 001—10 000册　定价：22.00元

本社版图书如有印装错误，我社负责调换（电话：010-65547970/7621）

目录

写给小读者的话 ⋯⋯⋯⋯⋯⋯ 1

心善的孩子 ⋯⋯⋯⋯⋯⋯⋯ 1
爱光的孩子 ⋯⋯⋯⋯⋯⋯⋯ 7
第一批入队的少年 ⋯⋯⋯⋯ 11
困境中成长 ⋯⋯⋯⋯⋯⋯⋯ 17
美好的时光 ⋯⋯⋯⋯⋯⋯⋯ 23
坚定的取舍 ⋯⋯⋯⋯⋯⋯⋯ 29
严师与高徒 ⋯⋯⋯⋯⋯⋯⋯ 33
比想象的更好 ⋯⋯⋯⋯⋯⋯ 39
金子般的心 ⋯⋯⋯⋯⋯⋯⋯ 43

新娘与新郎	47
登上新高峰	53
两朵小黄花	59
中国要起飞	65
淡泊名与利	71
始终相信您	77
黑色与白色	83
第二次出国	89
有志不比家	95
甘做铺路石	101
为人作嫁衣	107
种子落沃土	111

写给小读者的话

亲爱的小读者,你听说过蒋筑英这个名字吗?他是一位勇攀科研高峰的光学专家,精通多门外语。他主持设计制造了我国第一台光学传递函数测量装置,还组织创立了国内第一流的光学检测实验室。

二十世纪八十年代,全国上下掀起学习蒋筑英的热潮。蒋筑英这个名字,曾家喻户晓,人们被他的事迹感动,被他的精神鼓舞。

蒋筑英因公殉职后,中央领导为他题词,全国人民向他学习,他的事迹被拍摄成电影广为宣传。他究竟做了什么,让人们如此敬仰他、学习他、纪念他呢?

亲爱的小读者，请打开书页，慢慢阅读。相信你读了本书，一定会被蒋筑英在科学研究中勇于探索、刻苦钻研的精神鼓舞，一定会被蒋筑英热情饱满的进取精神、助人为乐的高尚品德打动，一定会被蒋筑英淡泊名利、先人后己、无私奉献的坦荡情怀感染。

蒋筑英对党和国家的赤诚之心，为中华民族的崛起而努力学习、拼搏、奋斗的一生，一定会温暖你，感动你，激励你，引领你……

心善的孩子

一九四八年夏末,浙江杭州一条铺着青石板路的巷子里,路边店铺鳞次栉比,街面上有些冷清。临近傍晚,天气仍然晴好,三两只小燕子在白墙黑瓦间飞来飞去,一大群鸽子在更高的天空中盘旋。

骤然间,巷子里响起了阵阵喧闹声。原来是到了放学时间,三五成群的小学生像游动的鱼群一样,拥入了安静的巷子。

其中,一个留着小平头、身材瘦削、眉清目秀的男孩,格外引人注目,他就是刚满十岁的蒋筑英。

蒋筑英身穿有些褪色的中式浅蓝色粗布衣

裤，脚蹬一双黑布面方口鞋，肩上斜挎着一个深蓝色的布书包，急匆匆地走在那些或追打嬉闹、或聊天说笑的孩子中间。

他脸上带着些许着急的神情，眉眼间显出一丝掩饰不住的欣喜。往常放学后，蒋筑英也都急着回家，尽力帮母亲分担一些家务。今天，他更急着赶回去，除了干家务活儿，还想让母亲赶快看看他的成绩单，想看到在他骄傲地告诉母亲，自己考了全班第一名的时候，母亲舒展的笑颜。

蒋筑英边走边快乐地想着，母亲看了他的成绩单，一定会很高兴，停下手里正忙着的活计，把他拥进怀里，夸奖他是一个懂事的好孩子。

走着走着，蒋筑英突然停了下来，回头张望。"哎呀，刚才还看见妹妹健雄跟在自己身后，这会儿怎么又不见人影了？这个小贪玩鬼又跑到哪里去了？"蒋筑英嘴里嘀咕着，犹豫了一下，便往学校方向跑去。

母亲嘱咐过蒋筑英，放学后要等妹妹健雄一起回家，因为妹妹实在是很贪玩。

蒋筑英一边往学校方向跑，一边往巷子两边

的店铺里瞅，终于在一家卖桂花糖年糕的店铺门口，看到了妹妹健雄和另外几个小姑娘的身影。

"健雄！"蒋筑英叫了一声。妹妹健雄立刻朝他跑过来，指着身后的年糕铺，流着口水说："哥哥，我想吃桂花糖年糕。"

蒋筑英拉起妹妹健雄的小手说："你想吃桂花糖年糕，那回家我跟妈妈要零花钱，明天放学时给你买。"

妹妹仰起小脸问："妈妈会给你零花钱买桂花糖年糕吗？"

"会的！"蒋筑英很自信地说。就在刚刚，他已经想好了，回家让母亲看到自己的成绩单，母亲一定会很高兴地奖励他。这样，就可以向母亲要一点儿零花钱，给妹妹买桂花糖年糕了。

一路上，妹妹健雄都兴高采烈地牵着蒋筑英的手，一蹦一跳地往家走。临近家门口的时候，健雄像是突然想起了什么似的，一下子松开了蒋筑英的手，飞快地跑进家门，大声地喊："妈妈，妈妈！快看我的成绩单，我得了好几个四分，还有一门成绩是满分五分呢！"

中华先锋人物故事汇　蒋筑英

"真的呀!"正在洗衣服的母亲欢喜地说着,赶忙用围裙擦干净双手,接过健雄举起的成绩单仔细看了看,摸着她的小脑袋说,"我们家的健雄真棒呀!"

妹妹兴奋得满脸通红,得意地看着刚迈进家门的哥哥蒋筑英,大声说:"哥哥,我考试成绩优秀,妈妈表扬我了,你听见了吗?"

"我听见了,健雄最棒了!"蒋筑英笑眯眯地说着,把已经掏出来的成绩单又装回了衣兜里,放下书包,挑起两个水桶,去帮母亲打水了。

母亲看着蒋筑英的背影,猜测他考试成绩可能没有妹妹优秀,便没再详细追问。

蒋筑英挑水回来,又忙着劈柴烧火,帮母亲做饭,照看家里更小的弟弟妹妹,直到晚上妹妹健雄睡熟以后,他才把成绩单掏出来,给父亲母亲看。

母亲看到成绩单上全是满分,十分惊喜:"啊哟!原来你考得这么好呀!为什么不早点把成绩单拿给我们看?"

"嘘!"蒋筑英把一根食指放在嘴边,看了一眼熟睡的妹妹健雄，对母亲说："我看到健雄那么高兴，不想让她知道我全是满分。"

"你这傻孩子，要让健雄知道，你比她成绩好。这样，她才会继续把你当榜样，像你这个大哥一样更加努力学习呀！"父亲笑着说。

"我觉得让妹妹高兴更重要！"蒋筑英笑嘻嘻地说。随即，他又宽慰起父母来："你们放心，我会带着弟弟妹妹们一起努力学习的。"

"筑英真是一个懂事的好孩子！"母亲擦擦眼角既高兴又感动的泪水，把蒋筑英拥进怀里，抚摸着他的头说，"儿子，明天妈妈做你最爱吃的毛笋干烧肉奖励你。"

蒋筑英仰起头来，很认真地对母亲说："妈妈，我现在不爱吃毛笋干烧肉了，给我买一包桂花糖年糕，行吗？"

"好呀！"母亲高兴地答应了。

就这样，妹妹健雄满足地吃上了桂花糖年糕。

爱光的孩子

蒋筑英的家乡在浙江杭州,他却出生在贵阳。一九三七年,日本侵略军的魔爪伸向了他的家乡杭州,四处烧杀掠夺、狂轰滥炸。顷刻间,号称"上有天堂,下有苏杭",以美丽著称的杭州城变得火光冲天、满目疮痍。美丽的西子湖畔,瞬间愁云密布,哭声阵阵。大街上,小巷里,到处都是呼儿唤女的逃难人群。

那一年,蒋筑英的奶奶年事已高,姐姐还不足三岁,蒋筑英还在母亲的肚子里。为了活命,一家人不得不扶老携幼,在蒋筑英父亲蒋树敏的带领下,拥入逃难的人群。

离开杭州后,一路上,他们一家人辗转于南

昌、长沙，风餐露宿，吃尽了苦头，最后才到达遥远的贵阳落脚。

一九三八年，在贵阳黔灵山下的一所普通民宅里，蒋筑英这个在母亲肚子里时就已饱经颠沛流离之苦的孩子呱呱坠地。出生在那样一个血雨腥风的战乱年代，逃到哪里也不得安生，即便是地处祖国大西南的贵阳，也时常遭到日军飞机的狂轰滥炸。

父亲给蒋筑英起名字时，没有按家谱要用的字，而是用了"筑"这个字。一方面，"筑"是贵阳的简称，想用这个字来纪念蒋筑英的出生地。另一方面，"筑"首先会让人想到"建筑"的意思，蒋筑英的父亲希望襁褓里这个弱小的生命，能够在战乱中顽强地活下去。

那时候，蒋筑英的母亲最害怕听到令她心惊胆战的防空警报声。每当警报一拉响，她就迅速地抱起小筑英向防空洞冲去，往往在防空洞里一躲就是一天。小筑英特别害怕黑，一到防空洞里就总是号啕大哭，怎么哄都不行，只有把他抱到靠近洞口的位置，让他看见一丝外面的光亮，才能慢慢停止哭泣。

有一次，父亲刚把他们母子接出防空洞，小筑英看到了外面明亮的阳光，立刻露出笑容，发出咯咯的笑声，满足地咿呀咿呀喊着，好像要和阳光说话似的。

母亲抱着小筑英，也不由得笑着说："我们筑英是个爱光的孩子呀！"

还真是！

蒋筑英从小就是一个爱光的孩子，躲在防空洞里的小筑英，就像是一株追寻阳光的向日葵，小脸总是转向有光的洞口，瞪着大大的眼睛，似乎是在询问："日本侵略者为什么敢在我们的国土上这么猖狂？为什么敢这样欺辱我们？"

是呀，我们中国人岂能任人欺凌！千千万万中华儿女，早已英勇地投身到反侵略的战争中去了。中国军民众志成城，浴血奋战，经过十四年艰苦卓绝的抗战，终于赢得了胜利。一九四五年八月十五日，日本宣布无条件投降。

一九四六年春天，蒋筑英告别了幼时的伙伴，跟随归心似箭的家人们，踏上了回乡的旅途。

一路上,父亲滔滔不绝地给蒋筑英兄妹讲起家乡杭州的风物之美,教他们背诵关于杭州的诗词歌赋。北宋大诗人苏轼的名句"欲把西湖比西子,淡妆浓抹总相宜"令蒋筑英对老家杭州的西湖无限神往。

第一批入队的少年

回到老家杭州，蒋筑英很快融入了新的环境，也和新的同学建立了友情。

一九四九年春天，杭州解放。少年蒋筑英也挤在欢迎解放军入城的人群中，挥舞着小手大声欢呼。那一天，他第一次近距离看到了毛主席的画像。

蒋筑英的家，在杭州望江门，几间带院子的旧房屋是他的祖父辈留下来的。那时的望江门一带还比较偏僻，家门口瓜田成畦，一派稻花飘香的田园风光。

夏秋时节，少年蒋筑英经常带着弟弟妹妹去田野里追蜻蜓、逮蚂蚱，到水沟里捉小鱼、摸小虾，爬到树上摘桑葚，踏着月光捉蟋蟀、捕萤火虫……家中院子里喝茶的父亲，浆洗衣物的母亲，常听到他们兄妹无忧无虑的笑声。

一九五〇年四月的一天，蒋筑英于就读的杭州市抚宁巷小学，第一批光荣地加入了少年儿童队（一九五三年更名为"中国少年先锋队"）。他和首批入队的同学们一起唱着队歌，踏着鼓乐的节拍，步行去市中心小学，参加宣誓仪式。

在杭州紫阳山下，胸前飘扬着红领巾的蒋筑英和同学们举起右手，庄严宣誓。

入队后，蒋筑英更加严格要求自己，学习越发努力，成了全校有名的学习尖子生。

学校每年组织开展的春游和秋游活动，是蒋筑英少年时代最难忘的美好记忆。同学们敲着鼓，吹着号，在老师的带领下，上山爬坡，涉水过涧，乐趣无穷。

蒋筑英爱动脑筋，爱提问。他捡到了化石，就拿去问地理老师有关化石的知识。看到溪水边的各色石头，他想不明白一条溪流里的石头怎么会出现不同的颜色，又跑到地理老师身边问长

第一批入队的少年

问短。

有同学问他:"你怎么有这么多问题?"

蒋筑英笑着说:"学问学问,就是边学边问嘛。"他不光问,还把答案记在随身携带的一个小本子上,这个小本子是他的"知识宝库"。

少年蒋筑英,书读得多,知识积累也丰富。有一年,学校组织去杭州栖霞岭下的岳王庙春游,蒋筑英看着"还我河山"的四字牌匾,就绘声绘色地给同学们讲了几段岳飞的故事,还充满激情地背诵起岳飞那首脍炙人口的《满江红》:

"怒发冲冠,凭栏处,潇潇雨歇。抬望眼,仰天长啸,壮怀激烈。三十功名尘与土,八千里路云和月。莫等闲,白了少年头,空悲切……"

当春游队伍来到钱塘江边的六和塔下时,蒋筑英又兴致勃勃地给同学们讲起天体引力和地球自转离心力引发潮汐现象的知识。什么是交叉潮、一线潮、回头潮、丁字潮,他都讲得头头是道,老师也不由得频频向他竖起大拇指。

少年蒋筑英,不仅知识面广,还多才多艺。新中国成立初期,劳动人民中很多人不识字,各个学校响应党的号召,开展普及文化、扫除文盲活动。蒋筑英积极带头参加,放学后带领同学们背着小黑板,走街串巷去教群众识字,教邻居们唱《你是灯塔》《解放区的天》等歌曲。他那股认真劲儿,俨然是个旧时学堂里的小先生。人们也经常听到他童声稚气地唱起《小先生之歌》。

16　中华先锋人物故事汇　蒋筑英

困境中成长

天有不测风云。一九五二年秋天,不幸骤然降临在蒋筑英家中,蒋筑英的父亲蒋树敏,因历史问题被错判入狱。当时,蒋筑英还不满十五岁,正在杭州初级中学(现杭州市第四中学)读书。蒋筑英的弟弟妹妹们需要照顾,父亲进了监狱,母亲没有工作,家里一下子断了经济来源。一家人如何生存,是迫在眉睫的大问题。

家庭突遭变故,少年蒋筑英好像在一夜之间迅速长大了。他憋回自己惆怅的眼泪,勇敢地挑起了家庭的重担,想办法解决燃眉之急。

蒋筑英硬着头皮去亲戚家借来少许钱粮,又托热心人帮家里揽来了一份糊火柴盒的活计赚些钱,维持生活。

那个年代,制作火柴盒不是机械化操作,要靠纯手工糊制。看似不起眼的一个小小的火柴盒,要先用小木块做楦子,再经过糊里框、粘底、糊外壳、贴商标等五六道工序。糊完以后还要晾干、码齐、捆扎。

交货时要经过严格的验收,南方天气潮湿多雨,火柴盒最怕受潮,很容易滋生霉点。

体会到了生活的艰辛,蒋筑英学习也更加刻苦努力,成绩始终名列前茅。

一九五三年夏天,蒋筑英以优异的成绩考入杭州市第一中学(现杭州市高级中学)。该校面向全省招生,选拔品学兼优的学生。蒋筑英能考上这所学校,自然很开心,并且还获得了人民助学金。

蒋筑英特别喜欢学习无线电知识,家里一台四十年代的旧收音机,成了他的实验品。他拆了装,装上又拆,反复琢磨,逐渐学会了安装和维修电子管收音机。

有一天,蒋筑英对母亲说:"我对数学、物理很感兴趣，尤其是无线电工业，电子管、光电管的应用，简直让我着迷，我现在的理想是考上北京大学，将来成为一名科学家。"

母亲欣慰地笑了笑，却有些担忧地说："你想考北京大学当然好，若是因为你父亲的事，到时政审通不过，怎么办？筑英，你要有心理准备。"

"那我仍旧会刻苦学习，用心钻研，将来成为一个业余的无线电爱好者也很好。"为了不让母亲担忧，蒋筑英故意说得很轻松，脸上还带着灿烂的笑容。

自从升入高中以来，父亲的事就一直令他苦恼。尽管他相信一直在上诉申冤的父亲是被冤枉的，但父亲每上诉一次，就加长一次刑期，不但看不到希望，反而更加让人感到绝望了。

不明真相的老师和同学，还常常用异样的眼光看他，在背后指指点点地议论他的父亲。尽管蒋筑英常常感到苦闷、彷徨，但他一刻也没有放松学习，而且乐于助人的劲头十足。课间或上学、放学的途中，经常看见他给同学讲解习题，班上有个同学打球时磕破了双膝，是蒋筑英第一个上前搀扶他去校卫生室换药。

夏日过后，高中生活就剩下最后一年了。为了成为一名合格的祖国建设者，蒋筑英不仅猛攻数、理、化等学科知识，还注重思想建设，积极要求进步，一次次向团组织递交入团申请书，表明自己已经树立起为报效祖国而勤奋学习的目标。蒋筑英也深刻地认识到，学习只为了自己的个人前途，是目光短浅的，因为只有国家强盛了，中国人才能在世界上获得尊重，才能过上真正幸福的生活。他相信，自己一定能够成为一名为国争光的科学工作者。

蒋筑英的入团申请，由于政审不合格，没能顺利通过，惹来了更多人的冷嘲热讽。每当想到大学录取也要通过政审这一关，蒋筑英心里就像压上了一块沉重的大石头，时常感到前途渺茫。如果不能被理想的大学录取，他立志当科学家的梦想就可能成为泡影。

学校老师很喜爱蒋筑英这个品学兼优的好学生，对他的处境，看在眼里，急在心里，心疼他小小年纪就背上这么沉重的家庭包袱，也担心万一大学因为蒋筑英的家庭问题不予录取,他会承受不住。

关心蒋筑英的老师经常找他谈心,夸奖他不仅学习成绩好,还是一个思想品德过硬的好学生,鼓励他不要气馁,让他坚持相信:只要不放弃梦想,不放弃努力,即使道路曲折,前途也必定是光明的。要相信一切皆有转机,一切皆有可能。

蒋筑英是个知道感恩的少年,为了让老师放心,他努力放下心中的包袱,保持乐观心态。

转眼到了一九五六年,在蒋筑英即将高中毕业时,党中央发出了"向科学进军"的伟大号召。蒋筑英想着祖国的需要,想着老师的鼓励,想着自己的壮志,心潮澎湃,在高考志愿书上,郑重地填写了"北京大学物理系"几个字。

一九五六年八月十四日,风和日暖,云淡天高,蒋筑英一辈子都不会忘记这一天。

最近,很多同学都收到了大学录取通知书,蒋筑英心里又期盼又忐忑。这一天,他正心神不宁地坐在家中糊着火柴盒,突然,妹妹健雄一边飞奔进院子，一边兴奋地大声喊着："哥哥，哥哥，你的录取通知书来了！你收到录取通知书了！""啊，真的？"蒋筑英扔下手里的火柴盒，飞身跃起，几乎是一步就奔到了健雄面前，"快，给我看看！"

蒋筑英用颤抖的双手接过妹妹带回来的信，激动地拆开，当看到"北京大学物理系"几个字时，他的眼前一下子模糊了，滚滚热泪奔涌而出。

母亲和弟弟妹妹们闻讯都围了过来，蒋筑英朝他们扬起手里的大学录取通知书，想对母亲说："快看，我收到北京大学的录取通知书了！"可是刚一开口，就哽咽了。

母亲也幸福得直抹眼泪，妹妹健雄也早已满眼泪水，他们都激动得说不出话来，紧紧地拥抱在了一起。

美好的时光

不久,蒋筑英坐上了开往北京的火车。到了北京大学,他就像鱼儿游进了大海。从此,在图书馆里,在未名湖畔,总能看到蒋筑英用功读书的身影。

蒋筑英的家庭经济困难,他是靠人民助学金上学的,因此他充满感恩之情,一直用行动诠释着一句永远也不过时的名言:书山有路勤为径,学海无涯苦作舟。

在北京大学图书馆,每当走到居里夫人的画像前,他都会停下脚步凝望这位心中的偶像。他宿舍的床头也一直摆放着一本《居里夫人传》。有一次,他一边翻看着《居里夫人传》,一边情不自禁地对同学说:"居里夫人太伟大了,她在那么艰苦的条件下,经过四年锲而不舍的努力,发现了天然放射元素镭,我们要像她对待科学那样,为人类做出自己的贡献。"

那时候,我国的光学研究水平远比不上欧美国家,这个领域的权威参考资料很多都是外文的。为了能看懂外文资料,更好地学习国外的先进科学知识,蒋筑英除了学习俄语和英语,还利用业余时间向第三门外语——法语进军。

他像着了魔似的,一会儿用法语念念有词,一会儿又用法语说绕口令,比如"草地是绿色的,绿色的不一定是草地"。同学们见此情形,都笑他,他却风趣地对同学们说:"学外语就得自言自语,这样学习效果才明显,你们都试试看吧!"

不过,蒋筑英可不是个只会学习的书呆子,他的兴趣爱好可多着呢!他是北大校园棒球队的主力队员,同学们经常看到他那生龙活虎的身影活跃在棒球场上。除了喜欢体育运动,蒋筑英还喜欢文学和摄影,是一位很有天赋的朗诵爱好者和摄影爱好者。"我愿是激流，在山里的小河，在崎岖的路上、岩石上经过……"这是蒋筑英很喜欢的一首诗，学校文艺会演时，他曾深情地朗诵，打动了不少北大学子。

在北大，蒋筑英最喜欢上实验课。因为他知道，搞科研，如果仅仅懂一些书本上的知识，就好比"纸上谈兵"。所以每次上实验课，他都特别积极，做实验时认真仔细，总是能观察到一些容易被别人忽略的细节，因此经常得到老师的表扬。

一九五九年，物理系师生承担了研制红外线光谱仪的任务。因为蒋筑英平时动手能力强，老师便让他和另一位同学组成两人小组，负责研制其中一个重要部件——热电偶接收器。

虽然平时在实验课上，蒋筑英做得得心应手，但现在要真刀真枪地研制产品，可就是另一码事了。尤其是热电偶接收器不同于一般部件，它的工艺性很强，研制难度较大，没有较强知识基础的人很难胜任。

不过，这可难不倒喜欢挑战自我的蒋筑英。

他熬了几个晚上,设计出周密可行的实验计划。搞热电偶接收器要用的点焊机,学校仅有一台,恰好又被校外的科研单位借去了。

"没有点焊机,我们的任务怎么能完成呢?"队友为难地说,"要不然,咱们告诉老师放弃吧?"

蒋筑英摇摇头说:"会有办法的。"

"有什么办法?难不成你能变出一台点焊机来?"队友疑惑地说。

"对,我会变出一台来。"蒋筑英很自信地笑着说。

队友以为蒋筑英是在开玩笑,不料蒋筑英白天上课,晚上动手设计,凭借扎实的专业知识和超强的领悟能力,花了一个星期的时间,居然自己做出来了一台点焊机。

有了点焊机,研制工作终于得以开展,但用点焊机焊白金丝是一项要求极其精细、严格的工作,稍有不慎,焊断白金丝,不但前功尽弃,还会造成严重的材料浪费。

这同样吓不倒从不畏惧艰难,还特别心灵手

巧的蒋筑英。他运用平时积累的经验和技术，认真分析，制定方案，仔细操作，在他与队友的共同努力下，热电偶接收器终于制作完成了，并获得了物理系师生们的一致好评。

随后，蒋筑英和队友结合工艺理论，撰写了热电阻讲义。

蒋筑英没有把这次成功当作任务完成的终点。他再接再厉，开始了新的研究课题——转镜照相法。

接下来的一段日子，他继续整夜蹲在实验室里，琢磨研究，自己动手磨光抛光，加工制作出投光反射镜，完成了学术论文。这篇论文条理清晰，论据充足，且视角独到新颖，得到了业内专家们的肯定和好评。

坚定的取舍

光阴荏苒,转眼到了一九六二年,蒋筑英以优异的成绩从北京大学毕业了。他内心渴望继续深造,追寻自己的科学家梦想。可是,含辛茹苦抚养他长大的母亲,却希望蒋筑英能够尽早回到老家杭州或者上海落实工作,帮助她一起照顾家庭。

何去何从,蒋筑英内心展开了激烈的斗争。

回美丽的杭州老家吗?那样能满足母亲的心愿,可以更好地照顾家里的弟弟妹妹。留在北京吗?这里的一个研究单位已经向他伸出了橄榄枝,工作条件和生活待遇都是去别处没法比的。要去上海吗?那里离家近,也有不错的工作机会。

蒋筑英知道，中国最大的光学研究基地在东北的长春，最著名的光学专家们也在长春，自己学的专业是光学，那里才是自己献身科学、施展才华的地方。

蒋筑英又读了一遍母亲的来信，泪流满面，心里五味杂陈。母亲在父亲被判入狱的艰难处境下，一个人把他们兄妹几个拉扯大，蒋筑英内心真的渴盼回到母亲身边，满足母亲的心愿，肩负起一个长子应承担的家庭重任，尽到一个长兄应尽的职责。可是，自己的内心也同时被另一个更强烈的，要用科学振兴中华民族、报效祖国的梦想烧灼着。最终，他毅然决定，舍小家顾大家。

"我要报考中科院长春光学精密机械研究所光学专家王大珩的研究生，继续学习深造！"蒋筑英坚定地握住拳头立誓。

一九六二年，国民经济形势有所好转，但东北气候寒冷，生活条件还相当艰苦，能做出这样的决定是需要勇气的。有同学听说了蒋筑英的决定，好心地跑来劝他："你是一个南方人，到了冰天雪地的东北，你会受不了那里的寒冷的。"

蒋筑英在给朋友的信中写道："……有人追求的是物质享受，而我渴求的是人生意义，我选择攀登科学高峰，就不惧怕飞沙流石……北国的寒冬，冰天雪地，一片银色的世界，也一定充满诗意……"他仿佛已置身那皑皑白雪、玉树琼枝的童话般美丽的北国世界。

大学的最后一个假期，蒋筑英回到了阔别几年的杭州，把自己的选择告诉了母亲。那天，夜已经很深了，他家的灯还亮着。

"妈妈，知识的海洋是浩瀚无边的。我还年轻，还应该多学知识，打下更坚实的基础。基础打得越深厚，越牢固，将来才能盖起'高楼大厦'呀！"蒋筑英对母亲说。

母亲说："弟弟妹妹都盼着你毕业回来，我也盼着你早点工作，咱们家的情况……"

"妈妈，咱们家的情况我知道，继续读研究生，每月也发一些生活费呢，我尽量节俭一点儿，多给家里寄一些回来。"蒋筑英宽慰母亲说。

"听说那里很冷，生活条件也比较差。"母亲担忧地说。

"冷点不怕，条件差点更没什么，我年轻，多吃点苦、多经历些困难是好事，可以磨炼我的意志。"蒋筑英嘿嘿地笑着说。

"长春距离杭州太远了，我的身体已经不如从前了，也时常因为牵挂你睡不好觉……"母亲哽咽了。大学生活期间，因为没有钱买往返车票，蒋筑英只回过一次家，如今他要到更远的东北去，做母亲的心里真是割舍不下。

"国家培养我这么多年，就是为了让我学成之后报效祖国，为国争光，您也常说只盼着儿女有出息，离家远点真的不算什么。"母亲知道儿子说的有道理，也知道儿子心里揣着一个科学报国的大梦想。其实，母亲看到儿子有这么远大的志向，心里是很高兴的。现在，她看出蒋筑英决心已定，便也不愿再多说什么让他为难了。

夜深了，母亲还没睡下，在灯下为蒋筑英缝衣物。她尽量缝得结实些、厚实些，针针线线，藏着一颗慈母的心。真是"慈母手中线，游子身上衣"呀！

严师与高徒

一九六二年金秋的一天,蒋筑英怀着攀登科学高峰的饱满热情,只身来到了当时闻名全国的科技城市——长春。

那一天的长春,蓝天如洗、风和日暖。当绿树掩映着的光机所大楼展现在蒋筑英面前时,他的心激动得怦怦直跳,久久不能平静。这里是中国光学事业的摇篮,是蒋筑英心中辉煌的科学圣殿。

二十世纪五十年代,中国第一台高精度经纬仪、第一台电子显微镜等被国人誉为"八大件一个汤"的精密仪器就诞生在这里。

蒋筑英怀着激动难抑的心情,迈步走进办公

大楼，递上介绍信，他将要在这里见到仰慕已久的导师王大珩。

王大珩被人们称作"中国光学第一人""中国光学之父"。一九四九年，王大珩从英国毅然返回祖国。他是中国近代光学工程的重要学术奠基人、开拓者和组织领导者。当年，四十七岁的王大珩神采奕奕，正是年富力强的时候。他戴上眼镜，打量着面前的这个充满朝气的青年，本想简单地问蒋筑英几个问题，不料师生竟是一见如故，居然有聊不尽的话题。

王大珩认定，这个身高一米八二，相貌堂堂的小伙子是个值得精心培养的科学人才。

从此，蒋筑英开启了在长春的学习生活。经常有人看到他在严寒的早晨，迎着漫天的雪花，第一个从宿舍走向实验室；在酷暑的夜晚，他踏着朦胧的月色，最后一个离开图书阅览室。

光学是一门历史悠久的学科，对勘探、天文、国防等事业有着至关重要的作用。翻开二十世纪六十年代的光学史册，国际上的光学传递函数理论已经开始应用到生产实践中，我国却还是一片空白。王大珩根据国家需要，给蒋筑英确定了光学传递函数的研究课题。

王大珩看着他最喜爱的学生，语重心长地说："筑英，这是一门检测评价光学系统成像质量的现代科学，目前有些科学技术较发达的国家已开始将其用于生产实践，而我国评价镜头质量还在用最原始的方法，靠肉眼来完成，既不科学也不准确。你有没有信心，带领一个小组完成这项开创性的工作？"

蒋筑英迎着导师信任和充满期望的目光，满怀豪情地说："中国人是有志气的，我们作为年轻的科学工作者理应勇挑重担。在您的指导下，我有信心和大家一起，把我们国家的光学事业搞上去，赶超世界先进水平！"

"好样的！"王大珩拍拍他的肩膀继续说，"世上无难事，只要肯登攀！希望你是第一个去敲击中国光学传递函数装置大门的人。"

研制光学传递函数装置，在中国是前无古人的事情，这种装置是什么样子，国内没有人见过，也找不到可以参考的资料。王大珩团队采取反复试验的方法,摸索着前进。一个方案不成功,就再试另一个方案。没有现成的器材,蒋筑英就动手自己制作。因面临着重重难关,很难看到希望之光,有的人在困难面前却步了。蒋筑英没有被困难吓倒,作为课题负责人,他又像学生时代那样,再次给大家讲起居里夫人攀登科学高峰的故事。他告诉大家:"科学的道路本就不是平坦的、一帆风顺的,我们要有居里夫人那种锲而不舍的精神,打起精神来,继续干下去!"

蒋筑英不光勤奋,还善于思考,才思敏捷。在科研的道路上,什么样的硬骨头他都敢啃。

事实很快证明,蒋筑英没有辜负导师王大珩的期望。一九六四年,年仅二十六岁的蒋筑英写出了第一篇关于光学传递函数的论文。

王大珩看了这篇论文,欣喜异常,可是兴奋之余,又有些担心:蒋筑英还太年轻了,这个初出茅庐的青年经得起荣誉的考验吗?会不会因为取得这样的成绩而骄傲,就此止步呢?正是出于这样的考虑,所以在当时举行的全国光学检测大会上,王大珩决定不让蒋筑英宣讲这篇论文,只

严师与高徒

安排他在小组会议上简要发言。尽管如此,这篇论文的影响力还是很大,仍然让蒋筑英在会议上崭露头角,受到与会专家们的好评。

比想象的更好

　　全国光学检测大会之后,蒋筑英没有陶醉在喝彩声中,他更加谦逊好学,孜孜以求。

　　平时,只要见到导师王大珩,蒋筑英就抓住机会与导师探讨光学问题。水滴石穿不是因其力量,而是因其持之以恒。蒋筑英和大家一起探索着、试验着,夜以继日地工作着。

　　可是,失败一次又一次接踵而来,有人又沉不住气了,哭丧着脸。

　　蒋筑英是个天生的乐观派,他笑着鼓励大家说:"我们在遇到困难的时候,不能光想困难。思路要开阔一点儿,要相信一定有办法解决,办法一定比困难更多。"

在蒋筑英的鼓励下，实验室的气氛又活跃起来了，大家的干劲也重新回来了，一个又一个难关，就像战场上的一个又一个山头，虽然有的山头险峻难攻，但有足智多谋的将军，有勇敢善战的士兵，难攻的山头终于被一个个攻克了。

寒来暑往，冬去春来。经过七百多个日日夜夜的苦战，一九六五年，蒋筑英带领的科研小组终于设计和制造出我国第一台光学传递函数测量设备，我国终于有了自己评价电影、电视、照相机镜头质量的一流设备。

这一年，蒋筑英只有二十七岁。导师王大珩赞扬他说："你做出来的，总比我想象的还要好！"

高远之志换来高、精、尖的硕果。这套设备称得上光学研究领域的一块金牌，不仅具有国际先进水平，且性能良好，后来一直应用了十几年。

利用这台设备，蒋筑英进行了大量新型镜头的质量评价和鉴定工作，也检测了不少进口商品，并检测出不少有问题的进口商品，维护了国家利益。

随后，蒋筑英带领团队成员，又制造了三种作为鉴定光学传递函数装置的标准镜头，并先后在日本和英国等国家测试。蒋筑英为传递函数标准化、系列化又做出了新贡献。

蒋筑英带领课题组再接再厉，继续刻苦钻研，认真探索，建立了国内第一个光学传递函数实验室，并且精心编制了一套光学传递函数程序，发表了多篇重要的学术论文，把这一课题推进到了应用研究的新阶段。

一九七八年仲夏的一天，日本著名光学专家应邀来到长春光机所，一行人参观实验室的时候，看到了十三年前蒋筑英和伙伴们制造的那台光学传递函数测量设备，当了解到研制者是蒋筑英时，众人赞不绝口。

金子般的心

一九六六年,蒋筑英研究生毕业了,他如愿以偿地留在了长春光机所工作。然而,正当大家努力拼搏,奋起直追世界光学先进水平的时候,"文化大革命"开始了。

王大珩受到了冲击,蒋筑英是王大珩的得意门生,加上父亲的问题,蒋筑英也被迫离开了实验室,他的办公桌被抬到了单位的走廊里。

在蒋筑英追求科学的道路被现实斩断,科研事业遭遇重大挫折,人生境遇处在最低谷的一九六七年,母亲又突患癌症,这可真是雪上加霜,在蒋筑英内心的伤口上撒盐呀!

在那个年代的人们看来,癌症是不治之症。

母亲患病的消息从杭州老家传来，得知消息的蒋筑英犹如五雷轰顶，泪水就像打开的水龙头飞流不止，火速踏上了回杭州老家的路。

当时，从长春到杭州，沿途需要转车，日夜兼程，也要几天的时间。归心似箭的蒋筑英，心里像燃着一团火一样焦灼。一路上，他心里都有一个声音不住地呼喊："妈妈，妈妈，对不起！儿子不孝，没有留在您身边……"

一路艰辛，风尘仆仆的蒋筑英终于回到了母亲的病床前。他扑通一声扑跪在地上，双手紧紧攥着母亲的手，看着病痛中的母亲，心如刀绞，泪流满面，泣不成声。一连数日，蒋筑英不分白天黑夜，守候在母亲身边。

他给母亲洗脸泡脚，剪手脚指甲，喂汤喂药，端屎倒尿，也给母亲讲外边的事情，讲他在长春的生活……

母亲熟睡的时候，蒋筑英会挎个小竹篮去菜市场挑选一些母亲爱吃的蔬菜，拿回家洗净、切好，丝是丝、片是片地码放在碟子里，把各种佐料也配好，用纱布盖上。等母亲一醒来，即刻把菜烧出来，再一小口、一小口地喂母亲吃。

母亲去世后，蒋筑英又承担起照顾最小的妹妹的责任，除了每月寄生活费，还经常给她写信、寄书，关心她的思想成长。直到一九七二年，最小的妹妹也参加了工作，他才停止了给她寄钱，但对弟弟妹妹们思想上的成长，蒋筑英从未停止过关心。

难怪弟弟妹妹们常对人说："我们有一个全世界最好的哥哥，他总是像父母一样事无巨细地关心我们，总是先人后己。哥哥有一颗金子般光灿灿的心。"

新娘与新郎

一九六八年,蒋筑英三十岁。仍然处在人生逆境中的他,邂逅了一位美丽又善解人意的姑娘——路长琴,这给他困惑苦闷的生活带来了无限慰藉。

路长琴是蒋筑英在长春光机所的同事。当时蒋筑英在第四研究室,路长琴在第十研究室。

路长琴发现蒋筑英心灵手巧、业务能力拔尖,人长得精神帅气,关键是人品非常好。他为人谦虚豁达,说话风趣幽默,和他一起工作,总感觉轻松愉快。

路长琴的朋友看到她和蒋筑英正在交往,便好心来提醒她说:"蒋筑英出身不好,他的父亲因历史问题被判入狱服刑。你出身贫农家庭，根正苗红，可别分不清路线，和他谈什么恋爱，耽误了自己的美好前程。"

"我不管这么多，他父亲有问题，又不是他有问题，他人好不就行了？"路长琴倔强地说。

"你怎么犯糊涂呀？！他父亲有问题，就会影响他的前途，就算你不为自己着想，也得为你未来的孩子多想一想。我听说蒋筑英上中学时入不了团，上大学、读研究生时也入不了党，这你还不明白是为什么吗？"

"我真不明白这是为什么，我只知道蒋筑英这个人很好，他善良正直，有才华还很风趣，待我也很好！"路长琴听不进好友的劝说，不顾家人的反对，一九六八年三月，终于和蒋筑英走在了一起。

结婚时，蒋筑英没做一床新被子，没打一件新家具，没买新的锅碗瓢盆，因为他之前每月的工资，只留下极少的生活费，其余的都寄回杭州家中，帮助母亲拉扯弟弟妹妹了。前一年，因为母亲生病，他不得不借了一些钱，至今还没还清。

"对不起,我以前的工资都寄回家帮母亲养家了,现在我连一件新衣服也买不起。"蒋筑英对路长琴充满歉意,从衣兜里掏出一块手帕对她说,"我只能送你这块手帕当作结婚礼物。"

"手帕也很好呀!"路长琴接过手帕,展开看了看,高兴地说,"这块手帕真漂亮,我很喜欢。"

一个是幸福的新娘,一个是幸福的新郎。

他们结婚,没有举办婚礼,蒋筑英带着路长琴回了一趟杭州,和弟弟妹妹们一起相聚了几日,顺便车览、船游了沿途的大好风光,漫赏了西湖的美景,也算是一次甜蜜浪漫的旅行婚礼吧。

从杭州回来后,因为没有婚房,他们仍回到原来的集体宿舍各住各的。所以,这对幸福的新婚夫妇,仍然还像结婚前那样,下班后到离光机所一路之隔的南湖公园约会,继续享受恋爱的甜蜜和相思。

直到一年后,他们有了女儿蒋路平,单位才

给他们解决了一间十一平方米的小房子。

那间小房子，因为难以见光，阴冷又潮湿，里面除了一张床，还有一些书，几乎什么家具也没有，但是他们仍然很满足，毕竟有家了。

蒋筑英乐哈哈地说："居里夫人发现了镭的那间小木屋，还没我们这间小房子大呢！"

"嗯嗯！"路长琴清清嗓子唱道，"寒窑虽破能避风雨。"

蒋筑英接着唱道："夫妻恩爱苦也甜……"

每天下班回家，他都抢着烧菜做饭，洗衣服，搞卫生，家虽小，但盛着满满的爱、浓浓的情。他们的小日子过得就像熟透的黄甜杏，仿佛掐一下就能流出蜜汁来。

两年后，他们的儿子蒋路全又呱呱降生到了这个幸福的小家。小小的房子变得更窄小了，但是欢笑声也更多了。

蒋筑英除了和路长琴抢着做家务，最喜欢的事就是边陪路全玩游戏，边给路平讲有趣的故事，小屋里总是飞扬着孩子们的笑声。

孩子们稍大一些后，蒋筑英喜欢带他们到附

近的南湖公园去玩,让孩子们兴致勃勃地在"翻山越岭""穿越丛林""越过草原""徒步沙漠"等快乐有趣的游戏中亲近、感受、了解、发现大自然。

蒋筑英没给两个孩子买过贵重的玩具,却给孩子们的童年增添了很多笑声。他给孩子们折纸飞机,和他们一起在草坪上追着纸飞机跑,孩子们咯咯的笑声随着纸飞机在空中飘荡。他带孩子们去湖边,教他们叠纸船,猜哪只小纸船游得又快又远,和孩子们一起奖励游得最远的小纸船一首歌:"让我们荡起双桨,小船儿推开波浪……"当然也要一起给游得最慢的小纸船朗诵一首诗,鼓励它不怕落后,乘风破浪,迎头赶上:"你像风,你像光,勇敢往前奔,闪电追不上……"

蒋筑英深爱着两个孩子,但从不溺爱孩子。有一次小路全摔倒了,哇哇直哭,蒋筑英很心疼,却没有立刻去扶,鼓励路全说:"全全,你是勇敢的小男子汉,摔倒了自己爬起来!"在父亲的鼓励下,小路全果然不再哭了,自己爬起来,蒋筑英向他竖起大拇指,小路全又咯咯笑着继续跑起来。

蒋筑英最喜欢带孩子们去图书馆，他去那里查阅资料的时候，总是把两个孩子也带去，他认为父母是孩子最好的榜样。他希望引导孩子们养成热爱阅读的好习惯，通过阅读书籍汲取知识养分，转化成自己的能量，丰富思想，拓宽视野，树立起远大的人生目标。

他记得自己小时候，父亲入狱，家境窘迫，还常受人欺负，生活那么艰难，支撑自己勇敢乐观地坚持下去的，就是从小父亲引导他树立起的当科学家的梦想。

登上新高峰

　　身处逆境并不能阻止蒋筑英攀登科学高峰的追求。他听说导师王大珩冒着风险，为解决彩色电视的色彩问题，在长春举办学习班攻关。很多人怕和王大珩走得太近影响自己的前途，但蒋筑英不怕，他毫不犹豫地第一个报名参加了。

　　二十世纪六十年代，我国电视机制造业刚刚起步，国产彩色电视机色彩失真，荧光屏上人物的皮肤呈猪肝色，身上像长着一层绿毛。

　　白天，蒋筑英仔细听导师王大珩讲色度学，晚上就进行计算研究。不知多少个不眠的深夜，蒋筑英伏在案头苦思冥想，一遍又一遍推倒、修改着自己的计算方案。锲而不舍，金石可镂。有一天，天已经快亮了，他突然灵光一闪，独辟蹊径，巧妙地设计出在工艺无法达到理论要求的情况下，解决色彩失真的新方案，编制出了最优化校色矩阵程序和色质分布计算程序。

"彩电失真的问题解决了！"蒋筑英高兴地站起来，他伸伸酸痛的腰肢，迎着满天的朝霞回家去。

蒋筑英的这个方案在国内是首创，导师王大珩看了连声叫好。他说："筑英，这是一个新的高峰！国产摄像机若应用这个方案，一定能让绚丽逼真的色彩呈现在电视机显像屏上。"

在彩电攻关会战的两年多时间里，蒋筑英经过不懈努力，终于完成了彩色电视变焦距镜头和分色棱镜的设计任务。

根据新的方案，蒋筑英又自己动手，自制了校色矩阵的电路插板。

蒋筑英和团队成员带着电路插板，一路兴冲冲地来到北京电视设备厂，进行测试。

那一天，天气忽而晴，忽而阴。团队成员们的心情也像天气一样阴晴不定，只有蒋筑英表情淡定，似有十足的信心。

"开始！"随着测试主持人一声令下，工作人员先用英国进口摄像机拍摄一个衣着艳丽的民族装饰娃娃，接着又用国产摄像机在同样灯光和背景条件下拍了一次。

"测试继续！"主持人再次下命令。咔的一声，电视机显示屏亮起来，人们看到用英国摄像机拍的民族装饰娃娃色彩艳丽，和实物几乎无异，用国产摄像机拍的民族装饰娃娃画面模糊不清，身上像长着绿毛。

这时，蒋筑英走上前去，手里拿着一个如香烟盒大小的东西，那就是按照他编制的程序设计，由他自己制作的校色矩阵电路插板。

"用这个看看效果！"蒋筑英说完，光机所的同事把插板装配在了国产机上，重新在同样的灯光背景下，继续拍摄那个民族装饰娃娃。

效果怎么样呢？在场的人都屏住呼吸，气氛显得有些紧张。

一声令下，咔的一声，显示屏再次亮起来。

"没了！没了！绿毛没了！"不知是谁先大声

地喊了起来。

大家兴奋地看到,民族装饰娃娃脸蛋粉红细腻,衣着色彩艳丽,竟比英国摄像机拍得更清晰、更逼真。

"成功了,成功了!"测试现场的人们激动得热烈欢呼,纷纷和蒋筑英握手拥抱。

悬而未决多年的问题终于解决了,这在国内是一个伟大的创举。蒋筑英团队又登上了一座新的高峰!

有一位同志激动地抓起电话,立即向有关部门报喜:"测试成功了!蒋筑英带领团队攻克了制约我国彩色电视工业发展的一座大山,在颜色光学领域做出了新的贡献!"

大家得知喜讯后,纷纷兴高采烈地赶来现场贺喜。

室外的天空似乎也得知了喜讯,云开雾散,露出灿烂的阳光。

"古之立大事者,不唯有超世之才,亦必有坚忍不拔之志。"蒋筑英在那么艰难的环境中,写出了几篇色度学论文,解决了国产镜头的许多技

登上新高峰

术难题，得到中外专家的高度认可和极高评价，还撰写了《关于摄影物镜光谱透过率》等文献书籍，对我国电影电视事业发展具有重要的理论指导意义。蒋筑英夜以继日地搞研究，查找问题和原因，写出了大量有实用价值的方法和问题指南，解决了包括印刷中的色彩处理等许多问题。

当人们夸赞他这一系列成就时，他却摇摇头说："课题是王大珩老师提出来的，许多问题也是王大珩老师带领大家一起解决的。"

两朵小黄花

蒋筑英突然变成了一个大忙人，国内十几个省、市的六十多家工厂、学校和科研单位，都留下了他的足迹。长春的多家光学企业，他也跑了个遍，帮助企业解决了数不清的大难题。他的日程表，每天都排得满满当当。他走起路来就像一阵风，上楼梯都是一步俩台阶。

蒋筑英心里很清楚，科学研究是无止境的，问题也是解决不完的，而陪伴妻子和孩子，尤其是在孩子的成长过程中，父爱一旦缺失，就再无机会弥补了。他很爱妻子和两个孩子，只要不出差去外地，每到周日，他都要抽出时间来，陪妻子和孩子们去公园游玩，在快乐的游戏中增进一家人的感情，让辛苦了一周的妻子得以放松，顺便了解孩子们的思想动态，纠正他们生活学习中一些不好的行为习惯。

一九七五年，春天里的一个周日，蒋筑英难得没有出差，原本他已经答应孩子们，这个周日全家一起去公园散步，还要给两个孩子讲故事，一起玩游戏。

孩子们早上起来，看到晴空万里，阳光和煦，是个适合春游的好天气，情不自禁地蹦跳着喊起来："今天爸爸要带我们去南湖公园玩了！今天爸爸要带我们去南湖公园玩了！"

那天妻子也早早起床，特意准备了一些野餐的食物，但是蒋筑英却食言了。

吉林省外贸部门从国外进口了一批"玛米亚"照相机和投影机镜头。商检部门初步筛查发觉这批货物有些问题，却又说不太明白问题出在哪里，眼看着索赔期限就要到了，于是，十万火急地来请蒋筑英去帮助做专业检测。

别的事可以拖一拖，这事关系到祖国的尊严和利益，绝不能拖。蒋筑英二话没说，决定周日就出发,去检测那批货物。

蒋筑英到达后,和工作组的同志对那批货物逐个进行检测,很快查出镜头存在像散、划伤、雾状霉点等诸多质量问题,提供了技术检验报告,并拍了照片作为证据送交商检部门。

证据是确立索赔谈判的重要法律手段。有了蒋筑英提供的证据,我方代表胸有成竹,索赔谈判如期举行。

谈判一开始,外商代表趾高气扬,傲慢无理,不仅拒不承认他们的产品存在质量问题,还用很不礼貌的语言指责我方是在无理取闹,言外之意是认为我们想敲诈他们。

一个外商代表耸着肩膀,用嘲讽的语气和不太流畅的中文说:"这很荒唐,如果想要我们多让利,可以早提出来,一切可以商量。现在,用这种方式,很可笑!浪费了我们宝贵的时间,不应该,不好玩,很不好玩!"

另一个外商代表更嚣张,直接用英语恐吓蒋筑英和工作组的同志们说:"我们的产品不可能有质量问题,你方要清楚,损毁他人声誉,是要负法律责任的，是要赔偿损失费和时间成本费的。"

"先生，法律面前人人平等，我们的时间都很宝贵，话多无益，还是请看看我方提供的证明材料吧！"被邀请一起参与谈判的蒋筑英用流畅的英语说，"请工作人员把证明材料拿上来。"当那些检验报告、证明照片摆到谈判桌上时，几位外商代表开始冒汗了。

听着蒋筑英流畅的英语陈述，他们脸上露出惊讶和不可思议的表情。最先发声的那个外商代表看着蒋筑英摆出的翔实的技术论据，不由得点着头，低声对他的同事们说："中国人有内行！"

依据这次谈判结果，会后，外方赔偿我方十多万美元。不仅挽回了经济损失，更为中国人争了气，蒋筑英感到很开心。

此后，蒋筑英又相继被邀请去其他省市出差，检测出了若干批进口光学仪器中的不合格产品，有时也亲自参与谈判，因提供的证据翔实，不仅都成功地获得了索赔，使国家免遭巨额损失，更维护了祖国的尊严。

有一天，夜已经很深了，蒋筑英打开笔记本，准备把近期手头的工作做个总结时，看到了夹在笔记本中的两朵小黄花，一股由衷的幸福感从心中溢出。他不由得看向熟睡在床的妻子和两个可爱的孩子。

原来，他爽约没陪妻子和孩子们去公园的那个周日，妻子一个人带着孩子们去了公园，孩子们虽然玩得也很开心，但是他们看到春日公园里的风景那么美，爸爸却欣赏不到，心中替他感到遗憾。

临回家时，路平看到草地上掉落的小黄花开得很美，捡拾了一朵说："我要把春天带回家，也让爸爸看看春天。"

路全听姐姐这样说，也赶紧跑过去捡起一朵小黄花说："我也要把春天带回家，让爸爸看看春天有多美。"

蒋筑英回到家中后，路平和路全争着把小黄花送给他，妻子向他讲了两个孩子捡拾小黄花时的情景。

蒋筑英高兴地接过两朵小黄花,看呀,闻呀,把它们夹在了笔记本里,对孩子们说他要永久珍藏。

中国要起飞

一九七八年,党的十一届三中全会召开以后,蒋筑英和科研团队从党的一系列决策中,看到了国家对知识分子的信任和期望,受到了极大的精神鼓舞。

深秋的一天,蒋筑英兴冲冲地回到家,一边撸起袖子,一边对正准备做饭的妻子路长琴说:"今天你歇着,我来露两手,做几道好菜,咱们庆祝一下。"

"庆祝什么?"路长琴不解地问。

"前一阵子,"蒋筑英有些激动地说,"我向所里领导提出建议,研制大型近距离光学传递函数测定装置,建立光学传递函数测量实验室,今天这两个建议都被正式批准了！"

"是吗？"看到蒋筑英满面红光，路长琴真心为他感到高兴，"那真得庆祝一下！"

蒋筑英把围裙系在腰上，正准备把一个土豆切成细丝摆盘，却突然停下手中的活儿，深情地看着妻子说："长琴，只是接下来的一段时间，我的工作会更忙，家里的事，你要更辛苦一些了。"

"我就知道，你一忙起来，就顾不上我们娘儿仨和这个家了。"路长琴一边择着青菜，一边用安慰的语气说，"没事，你好好工作就是，取得了新的成果，表现好了，哪天咱家也分套大房子住，等有了出国的机会，给咱家也带一台大彩电回来，让孩子们高兴高兴。"

蒋筑英笑了笑，向路长琴投去了充满感激的一瞥。他心里明白，妻子这么说，并不是真的羡慕有人住上了大房子，有人出国带回来了大彩电，而是安慰他，让他不用为家里的事操心，让他安心好好工作。但是他不知道，他们夫妻的这番对话，被隔着一条布帘子，正在写作业的俩孩子听到了。两个孩子都停下手中的笔，兴奋地眼睛放着光互相看着。

"哇！爸爸要是也有机会出国，咱们家就有大彩电看啦？"路全兴奋地悄声问姐姐路平。

"嗯！"路平高兴地使劲抿着嘴，小声对弟弟说，"以后你要乖，别老打扰爸爸工作，让爸爸好好表现，这样的话，不仅有彩电看，还会有大房子住呢！"

"表现好了，爸爸就有出国机会，就有大房子住？"

"是的。"

"太棒了！"路全控制不住地叫了一声。

"全全怎么了？"路长琴隔着布帘问。

"没事，没事！"路平赶紧掩饰地说，"他写完了老师布置的作业，就高兴地乱喊。"

"全全写完作业可以出去玩一会儿，也可以看会儿书，别打扰姐姐学习哟！"蒋筑英也隔着布帘说。

路全似乎不太满意姐姐说谎，朝路平扮了个鬼脸，然后才说："知道了！"说完又小声问，"姐姐，为什么不说我们听见了彩电和大房子的事呢？"

"你这个小傻瓜，那样爸爸会有压力的。"

"压力？"路全虽然还不明白压力是什么，但从姐姐的语气里，感觉到"压力"一定是让蒋筑英不好受的东西。他眨巴眨巴眼睛，又小声问："那以后也不能在爸爸跟前提出国、彩电和大房子吗？"

"是的，不能提。"

"哦！"路全懂事地点了点头。

在接下来的日子里，蒋筑英以饱满的热情投入到光学传递函数测定装置的更新换代和建立光学传递函数测量实验室的事情上。作为整个工程的总指挥和实际操作者，他和技术人员一起调试设备，和工人一起搬运机器。他几乎每天都是最早一个来到实验室，最晚一个离开实验室的人。

有时调试工作不顺利，常常要工作到深夜，蒋筑英就躺在工作台上睡一会儿，饿了就随便吃点干粮。他把实验室当成了家，抓紧分分秒秒进行调试，想尽快建成实验室投入使用，也想把这座崭新的、设备完整的、高精度的、国内一流的实验室当作长春光机所建所三十周年的献礼工程。

蒋筑英这样长期废寝忘食地工作，终因劳累过度、作息不规律患了严重的胸膜炎，医生要求他必须住院治疗。可是，他怎么能在医院待得住呢？

星期天早上，路长琴带着熬好的鸡汤去医院探望住院的蒋筑英，看到蒋筑英的病床空着，人不知去哪儿了。来打针的护士也找不到蒋筑英，问了隔壁病床上的病友才知道，蒋筑英晚上从不住在这里。

路长琴急忙赶去光机所，发现蒋筑英正在实验室里专心致志地进行着实验工作。路长琴的眼泪哗地流了出来，她又心疼又生气地说："筑英呀，你光想着工作重要，不知道你的身体更重要吗？"

"啊，这么晚了，你怎么来了？"

蒋筑英忙得忘记了时间——已经是上午了，他却还以为是昨天晚上。路长琴催促他快放下实验，回医院打针，他却说："我已经好了，不用回去打针了，再说今天打针时间也错过了。"

蒋筑英就是这样，为了工作他连病都不治，终于赶在长春光机所建所三十周年前夕，将国内一流的实验室建了起来，并正式投入使用。

实验室建成了，他仍是不知疲倦，夜以继日充满激情地工作着。他先后发表了十几篇关于光学传递函数理论方面的重要学术论文，并两次在全国性会议上做报告，受到全国光学界人士的重视，专家们一致认为，蒋筑英在我国光学传递函数方面，做出了富有成效的开创性工作。

淡泊名与利

一九七九年,光机所有一个晋升副研究员的机会,许多够条件的同事都在积极争取。光机所学术委员会经过认真研究、讨论,根据蒋筑英的才能和贡献,一致决定推荐他晋升副研究员。

可是,蒋筑英接到通知时,却对领导说:"所里许多老同志造诣比我深,贡献比我大,应该先提他们,我还年轻,还需要磨炼。"

同事们听说了这件事,有的替他惋惜,有的背后叫他傻子。在那个年代,无论分配住房还是提升工资待遇都是和职称挂钩的。

那一晚,路长琴看着两个孩子挤在一张小小的两屉桌上缩着肩膀和胳膊写作业,蒋筑英则坐着一个小板凳,缩在床沿上查资料、写论文,她心里有点委屈地说:"你白天忙工作,晚上回来搞研究,家里的大事小情我都不让你操心,不指望跟着你享什么荣华富贵,但是你总该为孩子们想一想吧?平平眼看身高比我还高了,全全也不小了,难不成我们就一辈子都挤在这间十几平方米的小屋子里吗?"

蒋筑英从书本堆里抬起头来,歉意地看着妻子,叹口气说:"长琴,对不起,这次是我让出了晋升机会,因为所里的那几位老同志,错过这次机会就到退休的年龄了,他们辛辛苦苦一辈子献身科学事业很不容易,我毕竟还年轻,以后还有机会的。"说到这里,他又看着两个噘着嘴生气的孩子说,"人活着不能只为自己过好生活,也要为他人着想,要负社会责任。"

孩子们互相看看,一起朝蒋筑英点点头。

路长琴心里虽还有气,但是当着孩子们的面,也不想再和蒋筑英争执,蒋筑英这样做,她生气归生气,心里还是理解丈夫的。

长春第二光学仪器厂因产品滞销,经营困难,来找蒋筑英帮忙想办法。蒋筑英不顾自己正患胸膜炎，骑上自行车就去了。经过一番调研后，他说："你们厂技术力量强，建议生产市场急需的变焦距镜头等新产品。"他鼓励大家说，"长春是全国光学基地，这几年落后了，大家要加把劲赶上去，我们光机所做你们的后盾。"

厂领导接受了蒋筑英的建议，变焦距镜头投入生产后，产品质量一时不达标，他们又来请教蒋筑英。

蒋筑英顾不上病痛，整日蹲在工厂，亲自把十几片镜片反复测量调试，终于找出了透过率差的原因，提出可以通过镀膜解决这个问题。

指标上去了，可是镜头体积却缩不下来。正巧，光机所有一台同类型的外国镜头正在检修。蒋筑英把它拆了装，装了拆，终于发现了国外产品设计中的窍门。

于是，蒋筑英又开始收集各种国外同类型相机资料，进行反复研究。几个月后，他与其他科研人员一起，终于找到了解决难题的办法，使长春第二光学仪器厂设计生产的三十五毫米电影摄影十倍变焦距镜头被评为全省优质产品。

看到长春第二光学仪器厂由亏损企业变成了优秀企业,长春第一光学仪器厂来聘请蒋筑英当顾问,帮助解决新产品研发和技术问题,为此每月给他发一些报酬,蒋筑英推辞不掉,就如数交给了研究室,当工作经费。

夏日的一天,蒋筑英要去上海出差,路长琴帮他收拾东西。路长琴把牙膏、牙刷和卷成圆筒状的毛巾塞进一个小搪瓷缸里,正准备放进蒋筑英要提着出差的手提皮包里时,突然听到蒋筑英忧伤地叹息了一声,路长琴停下手里的活儿,关心地问:"筑英,你怎么了?"

"我……"蒋筑英看着路长琴,欲言又止地说,"算了,我还是不去看父亲了。"

"去吧,"路长琴劝道,"你和父亲有很多年没见面了,既然你相信他老人家是好人,是被冤枉的,这次去上海出差,机会难得,就去看看父亲吧。"

"嗯。"蒋筑英点了点头,却又叹了口气说,"我不是不想去看父亲。当年考大学怕政审通不过,写了份和父亲断绝关系的材料,我是觉得没脸去见他。"

"筑英,你别这么想,当年那种环境下,父亲他会谅解你的。你趁这次去上海,绕道去看看父亲,没准儿你心里那块大石头就放下来了。"

"嗯。"蒋筑英又点点头,"长琴,谢谢你,要不是你劝说,我真鼓不起勇气。可是你知道,对父亲的愧疚一直压在我的心里,想起来就痛恨我自己……"

"别说这些了,都已经过去了。以后你有机会就常去看看父亲,等他出来,咱们把他接来身边,好好孝敬他。"

蒋筑英用力点点头,深情地看着妻子说:"长琴,我不在家,你别光忙着照顾孩子照顾家,要照顾好你自己呀!"

"嗯,你也是,在外要照顾好自己,别忘了吃药,注意休息……"路长琴一边嘱咐着,一边利索地整理好东西,拉上手提包的拉锁,把提包递到蒋筑英手里,微笑着说道,"快走吧,别误了车。"

当年，不相信父亲是坏人的蒋筑英，曾几次去找抓走父亲的单位理论，不但于事无补，反而险些让自己也被拘。此后，他们兄妹常因父亲的事被人欺辱，他曾为保护弟弟妹妹多次冲上前去，好几次被打得头破血流。

蒋筑英想着往事，心里真是百感交集，像打翻了五味瓶。

他记忆中的父亲身板笔直，平时总是一副笑眯眯的模样，常给他们讲神话传说故事，常教育他们要爱国，长大了要为国争光。

小时候，他们兄妹早上总是喜欢赖床，父亲不急不火，在屋里学公鸡打鸣。几乎每天早上，他们兄妹都是在父亲那逼真有趣的"喔喔喔"鸣叫声中，在父亲爱的注视下，幸福地醒来，开始新一天的生活。

想起这些温馨的往事，蒋筑英泪眼婆娑，心里的一个声音在说："爸爸，我爱您，儿子做了错事，很愧疚，不求您谅解，但求您不要伤心！"

始终相信您

上海的活动结束了。

"去看看父亲吧!"这个声音不停地在他心中大声地呼喊。

蒋筑英的心颤抖起来,在临街的一个小面馆,他要了一碗面条,他的手居然因为内心紧张,颤抖得没法拿起筷子来了。蒋筑英想去看看多年没有见过面的父亲的愿望太强烈了。

母亲临终前曾对他说:"儿呀,你父亲不是坏人,你是老大,要给弟弟妹妹做好榜样,一起去看他。"

多年未见父亲的蒋筑英,此时的心情真是难以言说,既强烈地想见到父亲,又很羞于去见父亲，心跳得就像被击打着的鼓面上的一粒豆子。终于，他深吸一口气，推开那碗一口没吃的面条，走出小面馆，脚步匆忙地朝码头奔去。

蒋筑英在去劳改农场看望父亲的船上，看着滔滔江水滚滚东流，不由得想起少年时父亲带他来江边学游泳的事情。少年蒋筑英有些怕水，父亲也不逼他立刻下水，就和他一起坐在江边，给他讲自己小时候第一次下水学游泳时，也曾经很害怕的有趣情景。

在蒋筑英听得咯咯直乐时，父亲却突然站起来，说了一声："你看好了，我现在一点儿都不怕下水了！"话音未落，便已跳入了江中。

蒋筑英看父亲在江水中像一条鱼一样灵活地游来游去，很是羡慕，便央求父亲教他游泳，父亲却摇摇头，笑哈哈地说："不用我教，我给你请一位比我更厉害的小老师，用不了几天，你自己就学会游泳了。"

那天，父亲特意抓了一只小青蛙带回家中，放在一个大木盆里，让蒋筑英观察小青蛙怎么游泳。

"爸爸，你给我请的小老师，就是这只小青蛙吗？"

"是呀，你可别瞧不起小青蛙老师哟！"父亲竖着大拇指说，"它是生活在陆地上的游泳能手呢，别忘了每天捉几只蚂蚱答谢小老师哟！"

蒋筑英很喜欢那只碧绿色的小青蛙，每天有空就去看小青蛙游泳，看着看着就看出了一些游泳的小门道。

一天，父亲指着小青蛙说："筑英你看，小青蛙这么小，却很勇敢，在这么大的木盆里，就像是在大海里一样，一点儿也不害怕。你个头儿这么大，一定比小青蛙更勇敢，一定能游得像小青蛙一样好！"

在父亲的鼓励下，蒋筑英又一次跟父亲来到江边。父亲跳进江中，他也跟着跳进江中。在父亲的带领和保护下，他很快便学会了游泳。

……

遥远又亲切的往事如打开闸门的水，一幕幕从记忆的门中流淌出来，蒋筑英脸上时而露出笑容，时而流淌泪水，不知不觉中，船已经靠岸了。

蒋筑英下船又乘坐汽车,终于来到了梦里曾经来过多次的父亲所在的劳改农场。在一名公安人员的监督下,蒋筑英在一片竹林旁边见到了日思夜想、时常牵挂的父亲。

父亲已经不再是原来的模样了。如今,他头发花白,曾经笔直的身板也有了些佝偻,本来就瘦削的身材看上去更加消瘦了,皮肤因长期在野外劳动,显得黝黑而粗糙。

蒋筑英在看见父亲的刹那,似万箭穿心般一阵疼痛。他喊了一声"爸爸",便一下子扑上前去,一把将父亲紧紧地搂在怀中,泪水顿作倾盆雨。

父亲倒显得相对冷静一些,过了一会儿,他从儿子的怀中挣出来,语气平静地说:"你有多少年没喊过我爸爸了?"

"对不起!"蒋筑英哽咽着说,"对不起,爸爸!"

"你没有对不起我,这些年是我连累了你们兄妹,你们应该怨恨我。"

"不,爸爸,我们不怨恨,我始终相信您。"

"你始终相信我?"父亲浑浊的眼睛顷刻间变亮了,嘴唇开始哆嗦。

"是的,爸爸,我始终都相信您!"蒋筑英发自心中的肺腑之言,再次脱口而出。

父亲看着蒋筑英,他似乎有些激动,颤颤巍巍走了几步,一下子坐在了竹林的田埂上。蒋筑英立刻跟过去,坐在了父亲的身边。

一时间,父子默默相望,相对无言。

少顷,父亲开口问道:"你母亲,她身体还好吗?"

"妈妈她……"母亲去世的消息,蒋筑英和弟弟妹妹都没有写信告诉过父亲。他连忙说道:"妈妈还好,只是身体比较虚弱。哦,对了,"蒋筑英岔开话题,赶忙掏出这次出差前专门去照相馆拍的一张全家合影,递给父亲说,"爸爸您看,照片上是您的儿媳妇、孙女和孙子。"

父亲用颤抖的、粗糙的、沾满泥土的双手接过蒋筑英一家的照片,脸上露出了幸福的笑容,眼睛却被泪水模糊了。

"爸爸,"蒋筑英鼓起勇气说,"上高中时,我写过一份……一份……"

"哦,"父亲打断蒋筑英说,"那件事你母亲来看我的时候对我说了,是她和老师劝你的,我理解,也从没怪过你。"

没过多久,站在不远处的公安人员便示意他们结束会面的时间已到了,蒋筑英擦掉眼泪,父亲也擦掉眼泪,他们互相看着。

在父亲即将被带走的时候,蒋筑英嘱咐父亲说:"爸爸,您在这里好好表现,争取早日出去,您孙女和孙子都盼着见爷爷呢!"

"嗯。"老泪纵横的父亲点点头。

"爸爸,下一次长春见!"

"好!长春见!"

父亲被公安人员带走了,蒋筑英目送父亲走远,刚欲转身离去,突然听见父亲用口技学了声公鸡打鸣:"喔喔喔——"

蒋筑英转身,望着父亲,伸长细瘦的脖子,也回应了几声公鸡打鸣:"喔喔喔——"

黑色与白色

一九七九年十月,光机所派蒋筑英去当时的西德学习有关X光望远镜的尖端技术。临行前的那个晚上,路长琴在帮蒋筑英收拾行李,蒋筑英激动地对路长琴说:"国家还很困难,出国深造的名额有限,谁都想有这样的机会去国外学习先进技术,可是所里却偏偏把机会给了我。"

路长琴把一摞叠好的衣服放进行李箱中,转身望着丈夫说:"那你出去好好学,回来好好干,争取在科研方面做出更大的成绩来。"

蒋筑英摇摇头,目光坚定地说:"仅仅做出更大的成绩是不够的,我还应该为所里做一些更实际的贡献。"

在那个年代,出国之前,国家要给个人发一笔服装费,在国内单位工资照发的前提下,国家还会每月补贴一份外派出国期间的生活费用(外汇)。这份补贴数额相对较高,那时外派出国工作的人,回国时都能余下一笔外汇,有的人就会买回一些诸如彩电、冰箱、洗衣机、照相机、录音机等这些当时在国内很难买到的物件。

一个多月前那天下午,当路平和路全得知蒋筑英要出国的消息时,他们想起上次听到父母的谈话,不由得都高兴坏了。

路全开心地一蹦一跳地跑了出去,对正在院子里玩耍的小伙伴们喊道:"号外,号外!我爸爸也要出国了,我们家很快就有大彩电看了!"

小伙伴们都很羡慕,呼啦一下子围上来,七嘴八舌地问:"你们家有了彩电,让我们去看吗?"

路全神气地说:"到时候,我得看你们的表现哟!"

小伙伴们便都争着表现起来,一个说如果让他去看,就给路全一个溜溜球,另一个说如果让他去看，就给路全一张田格纸。还有一个小伙伴酸溜溜地说："你们家那么小，就算有了大彩电，也同时坐不下这么多人啊！"

"是呀，你们家屋子那么丁点儿小！"小伙伴们也都跟着起哄说。路全不屑地瞥了他们一眼，得意地说："我们家不仅很快会有大彩电，很快还会换大房子呢！"

从那天起，路全天天盼着蒋筑英快点出国。可是，蒋筑英总也不走。有一天，路全实在忍不住，又一次问蒋筑英："爸爸，你哪天才出国呀？怎么还不走？"

蒋筑英摸着路全的头，笑着说："出国可不像在国内出差那么简单，说走就走，得做很多准备工作呢！"

终于，蒋筑英明天就要出国了，路全没有体验过半年见不到父亲是什么滋味，也还没体验过想念是什么感觉，所以那一晚，他在睡梦中居然开心地笑出声来。

夜已经很深了，蒋筑英辗转反侧。

他在想，自己读中学、大学都是靠人民助学

金,从一个无知的孩子到能为祖国做一点儿有益的事情的成年人,全靠党的哺育和培养。成为一名共产党员,是他多年来的愿望。在出国的前夜,他觉得有很多心里话要向党倾诉。于是,他披衣下床,坐到家里那张小小的两屉桌前,摊开纸,拿起笔,满怀激情地写了一份入党申请书。

"……我是新中国成立后党培养起来的一名科技工作者。在党的多年教育下,我逐渐认清了国家前途和我个人应该走的路。我下决心跟党走,把自己的一生献给伟大的共产主义事业……"字字句句,表达出蒋筑英的一片赤子之心。

蒋筑英到了国外,就像海绵吸水一样,如饥似渴、争分夺秒地学习国外的先进技术知识,并以他的卓越才华,对 X 光射线测量技术做了有益的探索。他和国外专家一起编制的实验控制和数据处理程序,使检验精度达到了头发丝的十万分之一。

在国外,蒋筑英省吃俭用,千方百计地节省每一分钱。有一次,一起工作的外国朋友请大家吃饭,蒋筑英也受到了邀请,一起去吃了一顿大餐。

礼尚往来是中国人的传统美德，蒋筑英也想回请外国朋友，可是一打听，吃一顿饭，得花不少钱，他可不舍得花这么多外汇。于是，蒋筑英为了节省开支，便施展出他的拿手本领，自己做了四菜一汤，请外国朋友品尝中国菜。

外国朋友几乎每品尝一道菜，都会伸出大拇指啧啧称赞，一个外国朋友由衷地说道："蒋先生，你真是太了不起了，学术水平这么高超，做菜技术也这么厉害！"

蒋筑英平时生活俭朴，在国外节省下的钱，本可以为自己家添置几件家用电器，可是，他却写信给光机所的领导，要求为所里添置一些实验器材。

蒋筑英学习结束回国时，给光机所买了一台英文打字机、一台录音机、十几台电子计算器和一批光学器材部件。剩余的外汇，他也如数交给了光机所财务室。

第二次出国

一九八一年十月,蒋筑英接受第二次出国学习和工作的任务,他要先到英国验收一批进口机器,再去当时的西德进修。

就在出国之前,蒋筑英突然收到了父亲的错案获得纠正的消息。

父亲蒋树敏蒙冤近三十年,现在经浙江省高级人民法院和浙江省公安厅联合复查组调查,对其撤销原判,出狱后按国家退休职工对待。

父亲终于出狱,这个在蒋筑英心中强烈期盼了近三十年的消息,突然在这个金秋十月,像一只高唱着嘹亮胜利之歌的金色小鸟,扑扇着一对金光闪闪的翅膀飞临他的面前,他不由得热血沸腾，浑身颤抖，滚烫的热泪夺眶而出。

那一刻，他多么想立刻飞往父亲身边，用一个儿子宽厚的肩膀拥抱父亲，用一个儿子对父亲的爱抚慰父亲受尽磨难的身心！蒋筑英的弟弟妹妹也在积极相约，准备一起去迎接父亲，一家人幸福团聚。

可是，蒋筑英出国的日期已临近。

那一晚，夜已经很深了，他家的灯还亮着。蒋筑英坐在铺开的信纸前，思绪万千，件件往事如滚滚而来的钱塘江大潮般涌上心头。

蒋筑英的泪水不知不觉就落了下来，一次次洇湿了信纸，模糊了他的字迹，他不得不一次次重写。

除了在信中追忆往事，写自己对父亲的思念和牵挂，他还向父亲谈了自己的信仰，他写道："人总应该有个信仰，加入党组织始终是我的信仰。"他担心经历坎坷的父亲出狱后对往事耿耿于怀，便写道，"一切都过去了，要向前看。结局好，一切都好，让我们争取更美好的未来吧！"

给父亲写完一封厚厚的长信，蒋筑英又给妹

妹健雄写信,让她开导家里人,思想上不要有怨气,让她带头开导父亲要乐观地接受一切。最后又给对父亲记忆不深的小妹写信说:"父亲这一生是很不幸的,过去我也曾怪他影响了我的前途,现在已有结论证明父亲是清白的,咱们再不能怪他了,要多给予父亲亲人的关怀和温暖……"

就这样,蒋筑英没有和弟弟妹妹们一起去接父亲出狱,几天后,他如期出国了。

当他飞抵英国首都伦敦时,前去迎接他的同事看到蒋筑英手里提着一个沉甸甸的大箱子,便准备伸手拦出租车。

蒋筑英连忙拉住他说:"别叫出租车了,咱们去坐地铁。"

"坐地铁要转车,你提着这么沉的箱子,上下车不方便。"同事说。

"坐出租车太贵了。"蒋筑英说着,已拎着箱子,朝地铁口走去。

坐在地铁上,那位同事看着蒋筑英问:"你怎么比之前更瘦了,眼睛里还有血丝?"

"哦,"蒋筑英笑着说,"临出国前工作紧张一些，没关系的。"

一到住所，蒋筑英就忙碌起来。他一边整理随身带的镜头和技术资料，一边了解工作安排，并提出自己的意见。

同事说："你还没吃饭吧？我先带你出去吃点东西，休息一下，咱们再聊工作。"

"别忙，你看我带来了什么。"蒋筑英说着，蹲下去打开箱子，拿出一个大塑料袋，里边居然装着祖国的特产——榨菜。

在异国他乡的同事看到祖国的特产，心里很感动，也很高兴。

不料，他又看到蒋筑英从箱子里拿出来很多各色祖国特产。看到同事惊讶的表情，蒋筑英笑着说："我还带了咱东北的粉条和湖南的细粉……"

"天哪，你把菜市场搬来了呀！"

"哈哈，差不多吧！出国这么久了，是不是很想尝一尝家乡的风味了？"

"是呀，我太想念家乡的风味了，可是你带来的东西也太多了！"

"不多不多,"蒋筑英笑着说,"这段时间,我准备自己开火做饭。"

"自己做饭?"同事很是惊讶。

"对,自己做。"蒋筑英很平淡地说,"这样能节省下一大笔钱,我打算用省下的这笔钱,给所里添置些东西。"

有一天,蒋筑英去博物馆参观时,遇到两名台湾同胞,他觉得大家都是中国人,就对他们非常友好。不料其中一人故意问蒋筑英:"你是从大陆来的?听说大陆不仅经济落后,而且对知识分子也不够尊敬和重视,平常你们的日子过得一定很清苦吧?"

蒋筑英义正词严地说:"祖国大陆形势日新月异,前景更是无限美好。我和很多科研人员能出国进修、工作,足以说明国家重视科学,尊重知识分子。自古以来,台湾都是中国领土不可分割的一部分,我们都是中国人,我们都是中华儿女,难道你不希望祖国能早日统一吗?"

对方有些尴尬地说:"我……我只是对当前祖国大陆的形势不是很了解。"

"那我就给你讲一讲!"蒋筑英从长江、黄河的古老故事,讲到改革开放政策给中国带来的巨大变化,又讲到了和平统一的方针,最后他说,"我们都是中华民族的子孙,都代表中国,有责任维护祖国的尊严。"

两位台湾同胞不由得连连点头。

有志不比家

蒋筑英一家在孩子还小的时候,挤住在一间只有十一平方米的小房子里。后来搬到了一间稍大一些,差不多有十四平方米的房子里,隔壁就是公用厨房,做饭虽说有地方了,也方便了,但是厨房里的十个炉子有五个挨着他们家的墙。

夏天一到,蒋筑英家闷热得就像一个大蒸笼。好在长春的夏天比较短,忍一忍就过去了。冬天倒是暖和一些,但每当谁家生炉子的时候,厨房里的烟就往他家里钻,他们常常被呛得连声咳嗽,晶莹的眼泪和因为被迫吸了煤烟而变成黑色的鼻涕齐流。有时候,实在受不了煤烟的呛鼻味道,蒋筑英就带孩子们去外面运动一会儿,等烟气散去一些了,再回到家里。

一天傍晚,蒋筑英下班回家,看到满屋烟气,女儿路平一副闷闷不乐的样子,便关心地问:"乖女儿,你怎么不高兴呀?"

"爸爸,咱们家房子住得这么小也就罢了,还整天满屋子黑烟。"路平噘着嘴巴,十分不满地抱怨道,"同学的父亲哪样都比不上你,可人家住的房子又大又暖和!"

原来,路平放学后去一个同学家玩,那个同学的父亲和蒋筑英是同事,家里十分宽敞,而且家里烧的是煤气,又干净又暖和。路平心里很羡慕,回家看到自己家拥挤的小屋里满是浓烟,还要和弟弟挤在一张破旧的两屉桌上写作业,看见父亲便生起气来。

蒋筑英了解了女儿不高兴的原因,知道女儿长大了,有了和同学比较的思想,便微笑着开导女儿说:"平平,心宽不怕房屋窄,少年有志不比家。"

"为什么不比家?"路平还是很不理解蒋筑英的话,继续说,"我早就听同学的妈妈说了,每次分房你都够条件，可你从来不去争取，反倒还让让让！说自己家孩子还小，可以将就着住，别人家孩子也小，怎么就不将就着住？"

看着平日里乖巧的女儿发起小脾气，蒋筑英接着开导她说："平平，我们整天说要向雷锋同志学习，可光在嘴上喊口号那算什么学习？真正的学习应该落实在行动上，你说是不是？"

不等路平答话，路全便抢着说："是！"

蒋筑英哈哈笑起来，先用手抚摸了一下路全的头，算是鼓励，接着又给两个孩子讲起抗金将领岳飞的故事，讲孩子们小时候喜欢的安徒生的故事。岳飞和安徒生小时候家境都不好，但他们从小立下大志，后来都在各自的领域做出了一番大事业。

蒋筑英通过讲生动有趣的故事，让孩子们就像小苗经受春天的一场喜雨似的，潜移默化、润物无声地引导他们，让孩子们知道：一个人生活的家庭环境如何，不会阻止其上进心和成才路。通常来讲，越是贫寒的家境，反而往往更能激励人成就一番事业。

他耐心地告诉孩子们:"以后不要跟人家比吃比穿,不要比谁的父亲官大、住房大小,要把精力用在学习和有意义的事情上。比家庭条件、比父母职位,这可不算什么本事,这样比也很没出息。要比就比谁更有真才实学,谁的志向更远大,谁将来对祖国对人类能做出更大的贡献,谁更能给别人带来快乐,谁是更有情趣更可爱的人,那才有意思有意义,将来才会有出息,有本事。"

路平的小脸色早已在不知不觉中阴转晴了,她和路全一起听得频频点头,连连称是,心里不仅很信服父亲说的这番话,也把自己的人生目标树立得更远大,更坚定。

其实,蒋筑英不光是这样开导孩子,现实中他也是这么做的。他在没有条件的时候,甘居陋室,安居乐业,有条件换大房子的时候,他依然甘于淡泊,乐居陋室。

蒋筑英一家在这个整日烟熏的房子里一住就是多年,女儿身高眼看着就比妻子高了,儿子已经长到八九岁了,仍然还和他们夫妻挤在一张本就不宽的床上，但是蒋筑英一次都未向光机所领导提出分房和调换住房的要求。

一九八一年，光机所的又一座宿舍大楼盖好了，根据蒋筑英的条件，所里分房小组经过集体研究决定，分给他一套三居室的住房，有单独的厨房和卫生间。

看到分房的公示信息后，孩子们都高兴坏了，路长琴更是乐得一夜都没合眼。可是，第二天一大早，蒋筑英却去找负责分房的领导说："我想和您谈谈房子的事。"

领导吓了一大跳，以为蒋筑英是嫌分到的房子楼层不够好，或是还想要个四室的，连忙说道："筑英同志，有意见的话你应该早提出来，现在房子都已经分完了，想调换的话恐怕不好办了，我们这些负责分房子的同志会很为难的。"

"不为难，我用三居室换两居室。"

"什么？你想用三居室换两居室？我没听错吧？"领导惊讶极了。

很多人都是削尖了脑袋想办法分到房子或分到大房子，有的甚至还搞起歪门邪道来。蒋筑英一直默默无声,不料这个默默无声的人终于也来找他了,居然是想把三居室换成两居室,这可真是让人吃了一惊,领导差点以为自己的耳朵出了毛病。

"是的,您没听错。我家孩子目前还小,住两居室也够了。咱们所里那几位老同志,他们孩子多,而且也都长大了,居住环境更需要改善,您看把分给我的那套三居室调换给哪位老同志更合适,您就调换了吧。"

"这不行!"领导说,"我可没这个权力随便调换,这次分房,是上级领导为落实党中央照顾知识分子政策专门拨款建的房。够条件够资格的必须给,不够条件的打破头也不给。再者说,这次分给你那套三居室,是领导集体反复商量研究的结果,是你应得的待遇,我们也是照章办事。"

尽管蒋筑英一再要求,把三居室换给更困难的老同志,但是领导研究后,还是坚持了原定方案。就这样,一九八二年春节前夕,蒋筑英一家终于搬出了拥挤的小房间,搬进了宽敞明亮的新楼房。

甘做铺路石

一九八二年三月，光机所向英国订购的两台贵重设备，已到达了天津塘沽港。恰在这时，蒋筑英的父亲在医院查出疑似患癌症，需要住院动手术。蒋筑英多么想立刻赶去杭州，陪伴照顾生病的父亲，让自己有机会尽一个儿子的孝心呀！

自从上次蒋筑英提前完成国外的学习和工作任务回国后，就一直想回去看望出狱后身体虚弱的父亲。可是因为要全力以赴准备几场光机所专门举办的"蒋筑英同志回国报告会"，而未能成行。

蒋筑英要在报告会上，把自己在国外接触到的先进理念、学到的先进技术跟研究所的同事们分享。为了把更多的知识更好地分享给大家，他需要时间精心准备，看望父亲的事就暂时搁置了。

他本打算在报告会结束后，就去杭州接父亲来长春住些日子，但父亲来信说："现在你们那里已经是冬天了，天气寒冷，我暂时就不去东北了。我的身体很好，你的弟弟妹妹都将我照顾得很好，你每月寄的钱我也都收到了，不必牵挂我，安心工作，等明年春暖花开时，我去长春看望你们全家……"

蒋筑英看了父亲的来信，心想明年春天父亲就会来长春了，加上工作总是一项任务还没忙完，另一个新的问题就已经出现了，便没有把去看望父亲的事提上日程。直到父亲病倒住院，他才从小弟的来信中得知，其实父亲不是怕冬天寒冷才不来长春的，是因为父亲出狱后，得知母亲已经病逝，悲伤过度，情绪低落，一直卧病在床。父亲知道他忙，嘱咐弟弟妹妹们不准告诉蒋筑英。

蒋筑英读着弟弟的来信，懊恼不已，泪流不

止。母亲过早离世,他深切地体验了"子欲养而亲不待"是什么滋味,他不想让同样的遗憾在父亲身上重演。可是,自古忠孝难两全,在这关键时刻,他还是毅然选择了先忙工作。

此时,两台进口贵重设备已经运到光机所,就要开箱检查、安装,做验收工作了。因为索赔是有期限的,一旦过了期限,无论出现多么严重的质量问题,外国厂家也概不负责。

蒋筑英日夜不停地连续奋战,既是为了不耽搁工期,让两台设备早日投入使用,也为了尽快完成工作,抽出时间赶去父亲的病床前尽孝。

杭州传来了好消息。父亲的手术很成功,经过病理检查确诊,父亲患的不是癌症,目前父亲精神大好,很快就会康复出院。

得知父亲患的不是癌症,蒋筑英大为振奋,给父亲写去一封长信后,便以更加充沛的精力投入到紧锣密鼓的设备安装工作中。

终于,具有国际先进水平的光学检测实验室建立起来了。蒋筑英考虑到祖国光学事业的未来,便又在百忙之中,挤出时间投入到培养后备力量的工作中。

他对科室的同事们说:"我们这一代中年人身上,担负着继往开来的重任,要多做铺路石的工作,为年轻一代的科技工作者攀登科学高峰创造条件。"

蒋筑英是这么说的,也是这么做的。他为了培养青年科技人员,利用晚上和业余时间,去给他们授课。往往为了一个小时的讲座,他要熬夜查阅大量资料,准备几万字的讲义。他主动带毕业生实习,以便发现可以培养的好苗子。他指导学生们写论文,帮助他们修改论文,其中有一个学生的论文,他熬夜修改了许多处,那位学生感动得流着眼泪说:"蒋老师这么忙,却为我这篇论文付出这么多心血,不为祖国的科学事业做出点贡献,让我何以报答老师!"

同一科室的一位年轻同事,撰写了一篇学术论证报告,蒋筑英发现报告中有些公式不对,主动替他修改过来,又专门为年轻同事找到一些相关资料,让他好好学习。

蒋筑英那股为培养人才忘我工作的热情,深

深地鼓舞着身边的同事们,影响着年轻的科技工作者们。

路长琴看他每天忙得昏天黑地,有时连胡子也顾不上刮,就提醒他说:"筑英,你每天除了睡觉那几个小时,就是忙忙忙,但是有一件事,你可千万别忙忘了。"

蒋筑英从一堆铺开的材料中抬起头来问:"什么事?"

"你说过忙完这阵,就去杭州接父亲来长春的。"

"哦,这事呀,"蒋筑英接过路长琴递给他的茶杯,笑着说,"我忘记告诉你了,前几天妹妹健雄来信说,父亲大病出院后,变得乐观开朗了,身体恢复得很好。每天早起运动,等再过些日子,长春暖和了,父亲要自己坐火车来咱们家呢!"

"这么说,你不用去接父亲了?"路长琴不放心地问,"他自己来能行吗?"

"能行!我前两天和父亲通了电话,感觉到父亲现在的身体状况真的很好,完全可以自己坐火车来长春。"

"那父亲准备什么时间来?"

"初步定在六月中旬,你抽空在全全屋里再安张床吧。我是长子,希望父亲能在咱们家安度晚年。"

"嗯。"路长琴点点头,"希望父亲能适应东北的气候。"

为人作嫁衣

为了祖国光学事业的发展,蒋筑英毫无保留地把自己学到的知识分享给他人。光机所情报室要编写光学机械方面的文献索引,这本不是蒋筑英分内的事,但是在一九八〇年的那个初冬,情报室阴冷的房间里,灯光几乎每晚都亮着,蒋筑英用冻得有些麻木的手,一页页写着论文索引资料,用很多个不眠之夜,整理审核了七千多条索引资料,并把自己积累的几千份材料全部提供出来。他认为知识不是私有的,要为大家服务,知识的大门应当向着所有人敞开。

蒋筑英发现一本外文期刊上有篇文章,对光学设计组一位同事的研究有参考价值,就主动向他推荐。当这位同事把文章译出后,蒋筑英又连夜帮他修改了多处翻译错误。

光机所实验工厂有一位十分好学的青年工人,积极参加彩色合成仪的装调工作,很想提高自己的科学理论水平。蒋筑英便耐心给他讲解查找资料索引和建立知识卡片的方法,并挤时间专门为他翻译了四篇两万多字的相关文章。

蒋筑英工作那么忙,时间那么宝贵,竟肯花这么多心血,帮助一个普通工人提高科学理论知识,令这位工人十分感动。他事后把四篇文章工工整整地抄录下来,装订成一本小册子,并在扉页上深情地写下这样一句话:"良师好友为我译文章,革命友谊此生永不忘!"

一天,蒋筑英收到了一份全国性光学专业会议的邀请函,请他到厦门做关于论文《摄影物镜的光谱透射率和彩色还原特性的校正》的报告。提起这篇论文,还有一段故事值得讲。

几年前,在彩电会战的日子,蒋筑英提出"用镀膜解决国产镜头彩色还原"的理论,光机所九室的一位助理研究员根据他的理论进行实验，获得了成功。于是，两人合写了一篇论文。论文完成后，那位同事要把蒋筑英的名字放在自己姓名前面，蒋筑英怎么也不肯。同事拗不过他，就瞒着蒋筑英把他的名字署在自己前面，送到打印室打印。蒋筑英发觉后，又去打印室把署名次序调换了过来。

同事知道后，很是过意不去，找到蒋筑英说："筑英，这项研究的理论依据是你提出来的，大量工作也是你做的，我充其量只能算个助手，你的名字理应在前面，你怎么又把我的名字换到前面去了？"

蒋筑英谦虚地笑笑，很真诚地说："大量实际工作是你做的，就应该把你的名字署在前面。"

一九八二年，全国光学专业会议在厦门召开，会议特邀蒋筑英参加，并宣读论文。谁都知道，去参加全国性专业会议，能见到很多同行，还有机会遇见和认识很多专家，是扬名的好机会。但是蒋筑英却把邀请函送到实验九室去，对那位同事说："这次全国会议在厦门召开，确定让咱们宣读论文，你准备好去参加吧！"

"不不不！"那位同事赶忙摇着手说，"那篇论文中我的研究部分占的分量太轻了，我不应该去，应该你去。"

"我工作忙，走不开，就这样定了。"蒋筑英很坚决地说。

同事到会宣读了论文，引起强烈反响。

多年来，不乏后续研究者参考蒋筑英的研究理论或实验报告撰写成论文，蒋筑英也曾帮助很多同事修改过学术论文。当发现有人在论文作者一栏加上他的名字，或在文章中发现有提到感谢他帮助的话，他总是一再劝说删去，或亲笔勾掉。

种子落沃土

长期高强度的工作,使蒋筑英的身体日益消瘦。他经常感觉到胸闷、腹痛,路长琴多次劝他去医院检查一下,他总是说:"今天太忙,明天再说。"可到了第二天,他又一头扎进繁忙的工作中,又说:"明天再说。"

一九八二年五月二十六日,蒋筑英迎来难忘的一天。

这一天,党支部书记找他谈话,把一份入党志愿书送到了蒋筑英的手里。蒋筑英双手捧着入党志愿书,把它紧紧地贴在胸口。十几年了,他已经记不清自己写过多少份入党申请书。今天,夙愿终于实现了。

蒋筑英在入党志愿书上，写下了自己的铿锵誓言："一个人的生命是短暂的，但党的事业是永存的……我愿为实现党提出的各项奋斗任务，贡献自己的一切力量，直至生命结束。"

一九八二年六月十二日，蒋筑英接到了替同事出差的任务，到成都去验收一台大型的X光望远镜真空模拟装置。

这一天，他上午和光机所的同事们讨论科研项目，下午给实验室安装窗帘。吃过晚饭，又去同事家帮忙疏通堵塞的下水道。晚上接近九点，才拖着腹痛难忍的身体回到家里。

路长琴见蒋筑英双手抱着腹部，脸色也很不好，给他端来一盆水让他泡泡脚，对他说："我已经帮你联系好医生了，明天一定得去医院看病了！"

"明天还真不行，我得去成都。"

"什么？成都不是别人去吗？"

"同事有别的事情，临时让我去替他，所以还没来得及告诉你。"

"那能不能拖一天再走？明天先去看看病，医生我都联系好了,再说你那颗牙也该补了,牙医我也帮你约好了。"

"不行,任务很急,"蒋筑英忍着腹痛说,"我从成都出差回来再去看病!"

"那孩子们的爷爷来了怎么办?不是说明天他就从杭州动身了吗?别人家有事,咱家也有事,你去和领导说说,这次成都让别人去。"

"还是别给领导添麻烦了,父亲在路上也需要走几天,我尽量快去快回。"

路长琴看着蒋筑英消瘦的身影,不禁一阵心酸。

六月十三日凌晨四点钟,蒋筑英就起床了。路长琴拿出六个鸡蛋,让他煮熟带着在路上吃。蒋筑英只煮了四个,自己拿了两个,留下两个给孩子,便踏着晨雾,匆匆走出了家门。

六月十三日下午四点多,蒋筑英飞抵成都。这时,他的父亲正巧从杭州启程,坐上了开往长春的列车。

蒋筑英到了住处,匆匆吃过简单的晚餐,当晚就召集验收人员开会,直到深夜十一点多,会

种子落沃土

议才结束。

六月十四日一大早,他又冒着成都的酷暑,挤上公交车,赶到制造仪器的工厂,直奔车间,在那里工作了一整天。

晚上,疲惫不堪的蒋筑英忍着腹痛回到招待所,虽然感觉腹痛越来越厉害,却仍继续和有关同志讨论验收仪器装置的事宜至很晚。

他从十二日接到出差成都的任务起,就一直在忍受着腹痛和身体严重不适坚持工作。这天夜里,剧烈的腹痛让他再也无法忍受,大家见他额头上冒出豆粒大的汗珠,才急忙把他送往医院急诊。

几经周折,蒋筑英于六月十五日上午十一时住进了医院。可是,已经迟了。他因积劳成疾,加上连日来过度劳累,又没有得到及时治疗,多种疾病并发,病情急剧恶化。当日十七时零三分,年仅四十三岁的蒋筑英逝世于成都。

噩耗传来,光机所的同事们震惊之余,纷纷失声痛哭。领导决定立刻派人护送蒋筑英的妻子和孩子们赶去成都,让他们去把蒋筑英接回家。

但考虑到蒋筑英和妻儿之间的感情深厚,担心路长琴和孩子们在奔波的长途路上过于悲伤,身体会吃不消,领导决定先暂时对路长琴和孩子们隐瞒实情,只告知路长琴蒋筑英在成都患病住院,需要她尽快收拾一下,去成都医院陪护。并且,为了不让路长琴起疑心,让她和孩子们分开去往成都,不让路长琴知道孩子们也去成都的事。

谁去通知路长琴呢?这很关键,大家选来选去,决定让他们的邻居,也是蒋筑英的一对同事夫妻一起去。

路长琴听说蒋筑英在成都住院了,又着急又慌乱地说:"筑英不要紧吧?他腹痛有段日子了,我让他去医院看病,他总是今天拖明天。这下可怎么办呢?孩子们的爷爷明天就要到长春了,俩孩子也需要照顾,我这一走,家里可怎么办呢?"

"家里的事你不用担心,我会帮你照顾好孩子和老人的,你就放心快去吧。"蒋筑英同事的妻子努力忍住悲伤说,"我爱人和另一位同事送你去成都，我在家里照顾着，你不用担心。"

路长琴和蒋筑英的两位同事前脚刚走，另两位同事就去学校接上蒋筑英的两个孩子也直奔成都而去。

一九八二年七月八日，是一个令人悲恸的日子。

蒋筑英的追悼会在长春光机所礼堂隆重举行。会场布置得庄严肃穆，摆满了全国各地送来的花圈和挽联。

在鲜花和翠柏丛中，悬挂着蒋筑英的遗像。照片上的他还是那么年轻，充满朝气。两眼还是那么炯炯有神，仿佛在诉说着什么……

人们怀着沉痛的心情，胸前别着白花，从四面八方赶来。原计划五百人参加的追悼会来了上千人。会场站不开，人们就站在院子里，泣不成声。

长春光机所党委送的挽联，对蒋筑英一生做了公正的评价：

"坚持马列光明磊落忘我工作对祖国无限忠诚，刻苦学习才华横溢不计名利为四化鞠躬尽瘁。"

蒋筑英的导师王大珩致悼词，声泪俱下。追悼会上，全国不少知名人士的唁电像雪片似的飞来，我国著名物理学家、光学家、中科院院士、南开大学教授母国光在唁电中痛心地说："这样一位我们寄以极大希望的同志去世，是我国光学界的重大损失！"

蒋筑英的父亲献上了一杯他特意从杭州给儿子带来的家乡米酒，老泪横流地说："作为父亲来追悼儿子，这心情是沉重悲痛的。但是筑英，你一心为公，忠于科学事业的精神，永远值得我向你学习。"

哀乐回荡，泪飞如雨。人们前来不仅是和蒋筑英做最后的告别，还为了来表达对他的不舍，和对他光辉一生的敬仰。

中共吉林省委追认蒋筑英为中国共产党党员，中央领导表扬他是"知识分子的优秀代表"，国务院追授他为全国劳动模范。全国各大新闻媒体争相报道蒋筑英的先进事迹，全国迅速掀起向蒋筑英同志学习的热潮。

种子落沃土

有位同事在一首纪念蒋筑英的诗中写道：

你毕生研究光，探寻光的秘密，
以光照亮共和国绚丽的彩图。
你通晓英、德、法、日、俄五种文字，
常为同仁翻译文献甘尽义务。
你是社会主义的铺路石，
你用信仰铸就光彩的一生。
蒋筑英，你并没有离我们远去，
你的生命正在祖国事业中延续。
说你是平凡的英雄，
不如说你是一粒种子落进沃土。
我听见风在歌唱，云在起舞，
春雨催生，神州挺立起一株株参天大树。

在人们的心中，蒋筑英没有离去，他永远都活在人们心中。蒋筑英的事迹将被传颂，他的精神将被传承，激励着人们，引领着千千万万青年科技人才在追求科学的道路上，不畏艰险，勇攀高峰！